AF462898

1 juillet 1910

VENTE

Du Vendredi 1er Juillet 1910

HOTEL DROUOT, SALLE N° 11

A DEUX HEURES PRÉCISES

TABLEAUX

ANCIENS ET MODERNES

Aquarelles, Dessins, Pastels, Gravures

Me E. ORIGET

COMMISSAIRE-PRISEUR

3, boulevard Sébastopol

M. PAUL SIMONS

PEINTRE

Expert près le Tribunal civil de la Seine

23, rue des Martyrs

CATALOGUE

DES

TABLEAUX ANCIENS

Par ou de l'École de :

FRANÇOIS BOUCHER, H. DE BRAECKELEER, DOMINIQUIN, WILHELM KALF,
LUCAS DE LEYDE, DAVID TENIERS, GÉRARD TERBURG,
CÉSAR VAN LOO, A. WATTEAU, EMMANUEL DE WITT, THOMAS WYCK, ETC.

TABLEAUX MODERNES

PAR

J.-BASTIEN-LEPAGE, M. BOMPARD, ROSA BONHEUR, E. BOUDIN, BROOS, CHAIGNEAU,
P.-C COMTE, E. DAMERON, EUG. DELACROIX, H.-C. DELPY,
H. DUPRAY, GARRIDO, HARPIGNIES, HUGUET, LEBOURG, LE GOUT-GÉRARD, LÉPINE,
HENRI MARTIN, AIMÉ MOROT, PASINI, G. PELOUSE,
CH. SCHREIBER, LÉON RICHET, FRITZ THAULOW, TOFANO, TROUILLEBERT, VALADON,
VAYSON, VIGNON, EDMOND YARZ, ETC.

ET

AQUARELLES, DESSINS, PASTELS

PAR

J. BÉRAUD, A. BESNARD, CARAN D'ACHE, CAROLUS-DURAN, C. FLERS,
J.-L. FRANÇAIS, E. FRÉMIET, GALLAND, GORGUET,
GRÉVIN, C. GUYS, HARPIGNIES, HELLEU, HENNER, CH. JACQUE, G. JACQUET, JEANNIOT,
A. LEPÈRE, L. LHERMITTE, L.-O. MERSON, A. DE NEUVILLE,
H. PILLE, P. RENOUARD, G. ROCHEGROSSE, SCHENCK, STEINLEN, A. WILLETTE,
H. VOGEL, E. YARZ, E. YON, ETC.

ET DONT LA VENTE AUX ENCHÈRES PUBLIQUES AURA LIEU A PARIS

HOTEL DROUOT, SALLE N° 11

Le Vendredi 1er Juillet 1910

à deux heures précises

Me E. ORIGET	**M. PAUL SIMONS**
COMMISSAIRE-PRISEUR	PEINTRE
3, boulevard de Sébastopol, 3	*Expert près le Tribunal civil de la Seine*
PARIS	23, rue des Martyrs

EXPOSITION PUBLIQUE

Le Jeudi 30 Juin 1910, de deux heures à six heures

CONDITIONS DE LA VENTE

Elle sera faite au comptant.

Les adjudicataires paieront *dix pour cent* en sus des enchères.

Paris. — Imp. de l'Art, Ch. Berger, 41, rue de la Victoire.

DÉSIGNATION

TABLEAUX ANCIENS

BOUCHER (École de François)

1 — *La Toilette.*

Toile. Haut., 35 cent.; larg., 15 cent.

BOUCHER (École de François)

2 — *La Toilette.*

Pendant du précédent.

Toile. Haut., 35 cent.; larg., 15 cent.

BRAECKELEER (H. de)

3 — *Intérieur d'un musée.*

Signé en bas à gauche.

Toile. Haut., 54 cent.; larg., 39 cent.

DOMINIQUIN (Attribué au)

4 — *Résurrection de Lazare.*

Toile. Haut., 36 cent.; larg., 55 cent.

ÉCOLE ESPAGNOLE

5 — *Tête de vieillard.*

Toile. Haut., 57 cent.; larg., 46 cent.

ÉCOLE FLAMANDE

6 — *Étude de têtes.*

Panneau. Haut., 34 cent.; larg., 46 cent.

ÉCOLE FLAMANDE

7 — *Le Repas.*

Peinture sur cuivre.
Haut., 17 cent.; larg., 13 cent.

ÉCOLE FRANÇAISE (XVIIIe siècle)

8 — *Scène de genre.*

Panneau. Haut., 30 cent.; larg., 57 cent.
Cadre en bois sculpté et doré.

ÉCOLE FRANÇAISE (XVIIIe siècle)

9 — *Scène de genre.*

Panneau. Haut., 30 cent.; larg., 57 cent.
Cadre en bois sculpté et doré.
Pendant du précédent.

ÉCOLE FRANÇAISE

10 — *Flore et Zéphyr.*

Toile. Haut., 41 cent.; larg., 36 cent.

N° 7

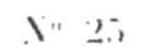

N° 25

ÉCOLE FRANÇAISE

11 — *Promenade sur l'étang.*

Toile. Haut., 32 cent.; larg., 41 cent.

ÉCOLE FRANÇAISE

12 — *Sainte Thérèse.*

Panneau ovale. Haut., 09 cent.; larg., 07 cent.

ÉCOLE FRANÇAISE

13 — *La Vierge.*

Panneau. Haut., 09 cent. 1/2 ; larg., 05 cent. 1/2.

ÉCOLE FRANÇAISE

14 — *Portrait de Femme.*

Panneau en bois. Haut., 38 cent.; larg., 29 cent.

ÉCOLE FRANÇAISE

15 — *Le Jeune ravisseur.*

Panneau. Haut., 15 cent.; larg., 19 cent.

ÉCOLE FRANÇAISE

16 — *La Bouquetière.*

Toile. Haut., 35 cent.; larg., 27 cent.

ÉCOLE FRANÇAISE

17 — *Vénus chez Vulcain.*

Toile. Haut., 47 cent.; larg., 39 cent.

18 — *Un Ange.*

Peinture sur cuivre.

Haut., 10 cent. 1/2 ; larg., 7 cent. 1/2.

ÉCOLE HOLLANDAISE

19 — *Intérieur d'auberge.*

Panneau. Haut., 24 cent.; larg., 29 cent.

ÉCOLE HOLLANDAISE

20 — *Jeune Femme à la collerette.*

Toile. Haut., 57 cent.; larg., 49 cent.

ÉCOLE HOLLANDAISE

21 — *Pâturage.*

Panneau en bois. Haut., 37 cent.; larg., 32 cent.

ÉCOLE HOLLANDAISE

22 — *Tête de vieillard.*

Toile. Haut., 59 cent.; larg., 48 cent.

ÉCOLE HOLLANDAISE

23 — *La Halte.*

Toile. Haut., 32 cent.; larg., 38 cent.

N° 24

KALF (Wilhelm)

24 — *Nature morte.*

Signé vers le bas, à droite.

Panneau. Haut., 46 cent.; larg., 65 cent.

LUCAS DE LEYDE (École de)

25 — *L'Ensevelissement du Christ.*

Peinture sur cuivre.

Haut., 16 cent. 1/2; larg., 13 cent.

TENIERS (Attribué à David)

26 — *Saint Jérôme.*

Peinture sur marbre.

Haut,. 12 cent.; larg., 10 cent.

TERBURG (Attribué à Gérard)

27 — *Jeune Femme à la collerette.*

Peinture sur cuivre.

Haut., 18 cent.; larg., 13 cent. 1/2.

VAN LOO (César)

28 — *L'Hiver.*

Signé en bas à gauche et daté : *1808*.

Toile. Haut., 58 cent.; larg., 72 cent.

WATTEAU (École de)

29 — *Plaisirs champêtres.*

Toile. Haut., 65 cent.; larg., 54 cent.

WITT (Emmanuel de)

30 — *Intérieur d'église.*

Panneau. Haut., 37 cent.; larg., 29 cent.

WYCK (Thomas)

31 — *Port de Mer (Hollande).*

Signé en bas vers la gauche.

Toile. Haut., 44 cent.; larg., 52 cent.

32 — Tableaux anciens omis.

N° 30

TABLEAUX MODERNES

AVIAT (Jules)

33 — *Tête de Jeune Fille.*

Signé en haut à droite et daté : *98.*

Toile. Haut., 46 cent.; larg., 38 cent.

BASTIEN-LEPAGE (J.)

34 — *Portrait de Femme.*

Signé en bas à gauche des initiales de l'artiste.

Toile. Haut., 36 cent.; larg., 27 cent.

BISSON (Édouard)

35 — *La Cigale.*

Signé en bas à droite et daté : *1890.*

Toile. Haut., 46 cent ; larg., 32 cent.

BLAIR-BRUCE

36 — *Les Rochers de Capri.*

Effet du matin.

BOMPARD (M.)

37 — *Venise.*

Signé en bas à droite.

Toile. Haut., 55 cent.; larg., 46 cent.

BOMPARD (M.)

38 — *Canal à Venise.*

Signé en bas à gauche.

Toile. Haut., 55 cent.; larg., 38 cent.

BONHEUR (Rosa)

39 — *Étude de lions.*

Signé en bas à gauche.
Portant au dos le cachet de la vente de l'artiste *1900*.

Toile. Haut., 49 cent.; larg., 65 cent.

BONHEUR (Rosa)

40 — *Paysage landais.*

Signé en bas à gauche.
Portant au dos le cachet de la vente : *1900*.

Haut., 27 cent.; larg., 35 cent.

BONHEUR (Rosa)

41 — *Marine.*

Signé en bas à gauche.
Portant au dos le cachet de la vente : *1900*.

Toile. Haut., 20 cent.; larg., 34 cent.

BONHEUR (Rosa)

42 — *Isards.*

Signé en bas à droite.
Portant au dos le cachet de la vente de l'artiste : *1900*.

Toile. Haut., 73 cent.; larg., 91 cent.

N° 46

N° 51

BOUDIN (E.)

43 — *Port de Honfleur.*

BOUDIN (E.)

44 — *Les Dunes.*

BOUDIN (E.)

45 — *Port de Honfleur.*

BROOS (J.-J.)

46 — *Après le duel.*

Signé en bas à gauche.

Panneau. Haut., 24 cent.; larg., 18 cent.

CHAIGNEAU

47 — *Moutons.*

CHATEIGNON (L.)

48 — *Fenaison.*

Signé en bas à droite.

Toile. Haut., 60 cent.; larg., 81 cent.

COMTE (Pierre-Charles)

48 *bis* — *Siège d'une ville* (XVIe *siècle*).

Signé en bas vers la droite.

Panneau ovale. Haut., 35 cent.; larg., 26 cent.

DAMERON (E.)

49 — *La Roue du Moulin.*

Signé en bas à gauche.

Panneau en bois. Haut., 23 cent. 1/2; larg., 32 cent.

DAMERON (E.)

50 — *Intérieur de cour à Vitré.*

Signé en bas à gauche.

Panneau en bois. Haut., 23 cent. 1/2; larg., 32 cent.

DELACROIX (E.)

51 — *Panthère.*

Portant en bas à droite et au dos du panneau le cachet de la vente de l'artiste.

Haut., 12 cent.; larg., 22 cent.

DELPY (H.-C.)

52 — *Les Laveuses (Automne).*

Signé en bas à droite et daté : *1901.*

Panneau. Haut., 41 cent.; larg., 71 cent.

DELPY (H.-C.)

53 — *Bord de rivière; coucher de soleil.*

Signé en bas à gauche et daté : *1900.*

Panneau. Haut., 48 cent.; larg., 70 cent.

DELPY (H.-C.)

54 — *Village au bord de l'Oise; effet du matin.*

Signé en bas à droite et daté : *1901.*

Panneau. Haut., 48 cent.; larg., 81 cent.

DELPY (H.-C.)

55 — *Bords de l'Oise.*

DELPY (H.-C.)

56 — *Bords de la Seine.*

Signé en bas à droite.

Panneau. Haut., 61 cent.; larg., 79 cent.

DUPRAY (HENRI)

57 — *Charge de Cuirassiers.*

Signé en bas à droite.

Toile. Haut., 44 cent.; larg., 55 cent.

DUPRAY (HENRI)

58 — *Napoléon : Soir de bataille, 1809.*

Signé en bas à gauche.

Toile. Haut., 80 cent.; larg., 66 cent.

ÉCOLE FRANÇAISE

59 — *Napoléon Bonaparte et le général Berthier.*

Toile. Haut., 50 cent.; larg., 60 cent.

ÉCOLE FRANÇAISE

60 — *Portrait d'Homme.*

Toile ovale. Haut., 23 cent.; larg., 18 cent.

FOUACE (G.)

61 — *Jeune Fille à la rose.*

Signé en bas à gauche.

Toile. Haut., 1 m. 55 cent.; larg., 92 cent.

FURT (M.)

62 — *La Vallée de l'Oise.*

FURT (M.)

63 — *Sous bois.*

GARDINI

64 — *La Maison des Terrasses (Lac Majeur).*

GARDINI

65 — *Venise.*

GARRIDO (E.-L.)

66 — *Le Duo.*

Signé en bas à gauche.

Panneau. Haut., 65 cent.; larg., 54 cent.

GARRIDO (E.-L.)

67 — *Les Souhaits.*

Signé en bas à gauche.

Panneau. Haut., 55 cent.; larg., 46 cent.

GARRIDO (E.-L.)

68 — *L'Hiver.*

Signé en bas à droite.

Toile. Haut., 1 m. 14 cent.; larg., 70 cent.

(*Salon des Artistes français, 1899.*)

GRUN (J.)

69 — *Bouquet de roses.*

Signé en haut à droite et daté : *90.*

Toile. Haut., 55 cent.; larg., 46 cent.

GRUN (J.)

70 — *Nature morte.*

Signé en bas à gauche.

Toile. Haut., 70 cent.; larg., 40 cent.

HARPIGNIES

71 — *Coucher de soleil.*

Signé en bas à gauche.

Toile. Haut , 13 cent.; larg., 21 cent. 1/2.

HARPIGNIES

72 — *Menton.*

Peinture sur panneau en carton.
Signé en bas à gauche et daté : *1905*.

Haut., 8 cent. 1/2 ; larg., 14 cent.

HUGUET

73 — *Porte de mosquée.*

Signé en bas à gauche.

Panneau. Haut., 46 cent.; larg., 38 cent.

HUGUET

74 — *Halte militaire.*

Signé en bas à gauche.

Toile. Haut., 80 cent.; larg., 57 cent.

HUGUET (V.)

75 — *Le Gué (Algérie). Chevaux arabes.*

Signé en bas à droite.

Toile. Haut., 65 cent.; larg., 86 cent.

HUGUET

76 — *L'Entrée de la mosquée.*

Signé en bas à gauche.

Toile. Haut., 84 cent.; larg., 64 cent.

N° 74

KARTIER (Karl)

77 — *Après l'averse à Moret.*

Signé en bas à gauche.

Toile. Haut., 54 cent.; larg., 81 cent.

KAUFMANN (W.)

78 — *Le Chandelier.*

Signé en bas à droite et daté : *1888.*

Toile. Haut., 46 cent.; larg., 38 cent.

KAUFMANN (W.)

79 — *Le Petit déjeuner.*

Signé en bas à gauche et daté : *1888.*

Toile. Haut., 54 cent.; larg., 65 cent.

KAUFMANN (W.)

80 — *Les Livres.*

Signé en bas à gauche.

Toile. Haut., 45 cent.; larg., 38 cent.

KAUFMANN (W.)

81 — *Étude de têtes.*

Toile. Haut., 46 cent.; larg., 39 cent.

KAUFMANN (W.)

82 — *Le Samovar.*

Signé en bas à droite.

Toile. Haut., 32 cent.; larg., 25 cent.

KAUFMANN (W.)

83 — *La Tranche de potiron.*

Signé en bas à droite et daté : *1888.*

Toile. Haut., 33 cent.; larg. 40 cent.

LA LYRE

84 — *Nymphe.*

Signé en bas vers la droite.

Panneau. Haut., 31 cent.; larg., 40 cent.

LAUGÉE (Georges)

85 — *L'Approche de l'orage.*

Signé en bas à droite.

Toile. Haut., 65 cent.; larg., 80 cent.

LEBOURG

86 — *La Neige.*

Signé en bas à gauche et daté : *1899.*

Toile. Haut., 46 cent.; larg., 73 cent.

LE GOUT-GÉRARD

87 — *Place du Marché (Concarneau).*

Signé en bas à gauche et daté : *99.*

Toile. Haut., 35 cent.; larg., 45 cent.

LE GOUT-GÉRARD

88 — *Marché en Bretagne.*

Signé en bas à gauche et daté : *1900.*

Toile. Haut., 39 cent.; larg., 46 cent.

LEHMANN (J.)

89 — *Portrait de Femme.*

Signé en haut à droite et daté : *1876.*

Toile. Haut., 55 cent.; larg., 46 cent.

LÉPINE

90 — *Pêcheurs.*

MARIE (JACQUES)

91 — *Paysage.*

MARTIN (HENRI)

92 — *Jeune Fille lisant.*

MELNIK

93 — *Andalouse.*

Signé en bas à gauche.

Panneau. Haut., 73 cent.; larg., 60 cent.

MERLOT (E.)

94 — *Pâturage.*

Signé en bas à gauche et daté : *96.*

Haut., 21 cent. 1/2; larg., 27 cent.

MOROT (AIMÉ)

95 — *Sur la terrasse (Algérie).*

Signé en bas à droite et daté : *89.*

Panneau. Haut,, 26 cent. 1/2; larg., 35 cent.

MUSIN (F.)

96 — *Voiliers par temps calme.*

Signé en bas à droite.

Panneau en bois. Haut., 27 cent.; larg., 20 cent. 1/2.

PASINI

97 — *La Caravane.*

PELOUSE (G.)

98 — *Paysage. Soleil couchant.*

Signé en bas à droite.

Toile. Haut., 46 cent.; larg., 65 cent.

PELOUSE (G.)

99 — *Le Ruisseau des bains à Guillon (Doubs).*

Signé en bas à gauche.

Toile. Haut., 55 cent.; larg., 38 cent.

PERRET (MARIUS)

100 — *Tirailleur sénégalais en tenue de campagne.*

Peinture sur panneau en carton.
Signé en bas à gauche.

Haut., 24 cent. 1/2; larg., 17 cent. 1/2.

PETITJEAN (E.)

101 — *La Rochelle.*

Signé en bas à gauche.

Toile. Haut., 46 cent.; larg., 65 cent.

PLANQUETTE (Félix)

102 — *Chevaux de halage.*

Signé en bas à gauche et daté : *1908.*

Toile. Haut., 65 cent.; larg., 92 cent.

SCHOLDERER (Otto)

103 — *Fruits.*

Signé en haut à droite.

Toile. Haut., 22 cent.; larg., 38 cent.

SCHREIBER (Ch.)

104 — *La Bonne prise.*

Signé en haut à droite.

Panneau en bois. Haut., 17 cent. 1/2; larg. 11 cent.

RICHET (Léon)

105 — *Paysage.*

RICHET (Léon)

106 — *Paysage.*

TANOUX (A.)

107 — *Les Confitures.*

Signé.

Toile. Haut., 55 cent.; larg., 46 cent.

THAULOW (Fritz)

108 — *Le Chemin du berger.*

Signé en bas à droite.

Toile. Haut., 39 cent.; larg., 46 cent.

TOFANO (E.)

109 — *Tête de Jeune Femme.*

Signé en haut à droite.

Toile. Haut., 40 cent.; larg., 27 cent.

TROUILLEBERT

110 — *Gardeuse d'oies.*

Signé en bas à gauche.

Toile. Haut., 66 cent.; larg., 81 cent.

VALADON (S.)

111 — *Intérieur de cuisine.*

Signé en bas à droite.

Panneau en bois. Haut., 24 cent.; larg., 19 cent.

VAN DOOR

112 — *Tête de Jeune Fille.*

VAYSON (Paul)

113 — *Étude pour le tableau : « Le Retour du marché ».*

VIGNON

114 — *Rue de Noroy (Aisne).*

Signé en bas à gauche.

Toile. Haut., 21 cent.; larg., 30 cent.

YARZ (EDMOND)

115 — *Le Jardin.*

Signé en bas à gauche.

Toile. Haut., 54 cent.; larg., 73 cent.

YARZ (EDMOND)

116 — *La Route de Saint-Mitre (Provence).*

Signé en bas à gauche.

Toile. Haut., 54 cent.; larg., 73 cent.

117 — Sous ce numéro, les tableaux modernes omis.

AQUARELLES, DESSINS, PASTELS

GRAVURES

ALLONGÉ

118 — *Lisière de forêt.*

Aquarelle.

Haut., 25 cent.; larg., 33 cent. 1/2.

BÉRAUD (JEAN)

119 — *Loge d'actrice.*

Dessin au crayon, lavé à la sépia et rehaussé de gouache.

Signé en bas à gauche.

Haut., 32 cent.; larg., 25 cent.

BÉRAUD (JEAN)

120 — *Les Boulevards.*

Aquarelle.

Signée en bas à droite.

Haut., 16 cent.; larg., 15 cent.

BÉRAUD (JEAN)

121 — *Intérieur de wagon.*

Dessin au crayon conté, rehaussé de blanc.

Haut., 35 cent.; larg., 26 cent.

BÉRAUD (Jean)

122 — *Sur la scène.*

Pastel.
Signé en bas à droite du monogramme de l'artiste.
Haut., 32 cent.; larg., 24 cent. 1/2.

BÉRAUD (Jean)

123 — *Le Parterre.*

Dessin rehaussé.
Signé en bas à droite.
Haut., 24 cent.; larg., 19 cent. 1/2.

BERTRAND (Albert)

124 — *Le Guignol aux Champs-Élysées.*

Dessin à la plume.
Signé en bas à gauche.
Haut., 16 cent. 1/2; larg., 26 cent.

BESNARD (A.)

125 — *Le Baiser.*

Dessin lavé à l'encre de Chine.
Signé en bas sur la droite.
Haut., 21 cent.; larg., 26 cent.

BÉTHUNE (Gaston)

126 — *Trafalgar-Square.*

Aquarelle.
Signée en bas à droite et datée : *Londres, 84.*
Haut., 36 cent. 1/2; larg., 55 cent.

CARAN D'ACHE

127 — *Dessin à la plume.*

Haut., 13 cent.; larg., 10 cent. 1/2.

CARAN D'ACHE

128 — *En visite.*

Dessin à la plume.

Haut., 20 cent.; larg., 14 cent.

CAROLUS-DURAN

129 — *Portrait de l'Artiste.*

Dessin à la mine de plomb.
Signé en bas à droite et daté : *19 mars 1869.*

Haut., 14 cent.; larg., 12 cent.

CONSTANTIN (Aug.)

130 — *Le Menuet.*

Dessin lavé à l'encre, rehaussé de gouache.
Signé en bas à droite.

Haut., 35 cent.; larg., 42 cent.

DONZEL (Ch.)

131 — *Le Soir sur l'étang.*

Dessin à la pierre noire.
Signé en bas à droite.

Haut., 27 cent.; larg., 43 cent.

FLERS (Camille)

132 — *La Passerelle.*

Pastel.
Signé en bas à gauche.

Haut., 24 cent.; larg., 31 cent.

FRANÇAIS (J.-L.)

133 — *L'Etang.*

Fusain.

Haut., 22 cent.; larg., 30 cent.

FRÉMIET (E.)

134 — *Les Chats.*

Dessin lavé à l'encre et rehaussé de gouache.
Signé en bas au milieu.

Haut., 8 cent. 1/2; larg., 14 cent.

GALLAND

135 — *Etude d'Enfant.*

Dessin à la sanguine.

Haut., 23 cent.; larg., 15 cent.

GALLAND

136 — *Etude d'Enfants.*

Dessin à la sanguine.

Haut., 18 cent.; larg., 23 cent.

GALLAND

137 — *Etude d'Enfant.*

Dessin à la sanguine.

Haut., 17 cent.; larg., 28 1/2 cent.

GORGUET (Aug.-F.)

138 — *L'Enfant à la rose.*

Dessin à la mine de plomb, lavé à l'encre de Chine. Signé en bas à droite.

Haut., 21 cent.; larg., 19 cent.

GRÉVIN

139 — *En Villégiature.*

Dessin à la mine de plomb.

Haut., 27 cent.; larg., 19 cent.

GRUN (J.)

140 — *Grunette.*

Pastel.
Signé en bas à gauche et daté : *99.*

Haut., 1 mètre; larg., 55 cent.

GUYS (Constantin)

141 — *Une Lorette.*

Dessin à l'encre, lavé à l'aquarelle.

Haut., 16 cent. 1/2; larg., 12 cent.

GUYS (Constantin)

142 — *Lorette en promenade.*

Dessin lavé à l'encre, rehaussé à l'aquarelle.

Haut., 22 cent.; larg., 15 cent.

HARPIGNIES

143 — *Paysage : Effet de soir.*

Aquarelle.

Signée en bas à gauche et datée : *89.*

Haut., 9 cent.; larg., 12 cent. 1/2.

HARPIGNIES

144 — *Paysage : Coucher de soleil.*

Dessin à la mine de plomb.

Signé en bas à gauche du monogramme de l'artiste et daté : *86.*

Haut., 6 cent. 1/2; larg., 9 cent. 1/2.

HARPIGNIES

145 — *Paysage : Menton.*

Dessin lavé à l'encre de Chine.

Signé en bas à gauche et daté : *1905.*

Haut., 9 cent. 1/2; larg., 12 cent.

HARPIGNIES

146 — *Antibes.*

Dessin sur parchemin, lavé à l'encre de Chine.

Signé en bas au milieu et daté : *90.*

Rond. Diam., 12 cent.

HARPIGNIES

147 — *Paysage : Effet d'orage.*

Dessin lavé à l'encre de Chine.
Signé en bas à gauche et daté : *1907.*

Haut., 8 cent. ; larg. 4 cent. 1/2.

HARPIGNIES

148 — *Paysage : Effet de lune.*

Aquarelle.
Signée en bas à gauche et datée : *1909.*

Haut., 10 cent. ; larg., 15 cent.

HARPIGNIES

149 — *Paysage.*

Dessin lavé à l'encre de Chine.
Signé en bas à gauche et daté : *1908.*

Haut., 8 cent. ; larg., 13 cent. 1/2.

HARPIGNIES

150 — *Paysage : Les Loups.*

Aquarelle.
Signée en bas à gauche et datée : *94.*

Haut., 17 cent. 1/2 ; larg., 25 cent.

HARPIGNIES

151 — *Royat.*

Dessin lavé à l'encre de Chine.
Signé en bas à gauche et daté : *1907.*

Haut., 14 cent. ; larg., 9 cent. 1/2.

HARPIGNIES

152 — *Paysage : Tamar, 1895.*

Aquarelle.
Signée en bas à droite.

Haut., 21 cent.; larg., 15 cent. 1/2.

HELLEU

153 — *Parisienne.*

Pointe sèche. Epreuve numérotée n° 32 et signée par l'artiste en bas à gauche.

Haut., 59 cent.; larg., 43 cent.

HENNER (J.-J.)

154 — *Étude pour « le Soir ».*

Dessin à la pierre noire.
Signé en bas à droite.

Haut., 13 cent.; larg., 23 cent. 1/2.

HENNER (J.-J.)

155 — *Nymphe.*

Dessin lavé à l'encre de Chine.

Haut., 14 cent.; larg., 9 cent.

HENNER (J.-J.)

156 — *Étude pour le « Bara ».*

Dessin à la pierre noire, rehaussé de blanc.

Haut., 21 cent.; larg., 43 cent.

HENNER (J.-J.)

157 — *Étude pour le Christ mort.*

Dessin à la pierre noire.

Haut., 9 cent. 1/2 ; larg., 20 cent

HENNER (J.-J.)

158 — *Madeleine.*

Dessin à la pierre noire, rehaussé de blanc.

Haut., 28 cent.; larg., 22 cent.

HENNER (J.-J.)

159 — *Étude de Jeune Homme.*

Dessin au fusain. Daté : *1859.*

Haut., 35 cent.; larg., 26 cent.

HENNER (J.-J.)

160 — *Étude de torse de Femme.*

Dessin au crayon conté, rehaussé de blanc.

Haut., 21 cent.; larg., 16 cent.

JACQUE (CHARLES)

161 — *Le Repos du troupeau.*

Dessin à la plume.
Signé en bas à gauche.
Reproduit dans la *Galerie contemporaine.*

Haut., 13 cent. 1/2 ; larg., 10 cent. 1/2.

JACQUE (Charles)

162 — *Intérieur d'écurie.*

Dessin à la pierre noire.
Signé en bas à gauche.
Haut., 12 cent.; larg., 15 cent. 1/2.

JACQUE (Charles)

163 — *Le Retour du troupeau.*

Belle eau-forte. Épreuve signée par l'artiste.
Haut., 37 cent.; larg., 47 cent.

JACQUET (Gust.)

164 — *Étude pour « le Bal Moyen âge ».*

Dessin à la mine de plomb.
Haut., 26 cent.; larg., 21 cent.

JACQUET (Gust.)

165 — *Étude pour « le Bal Moyen âge ».*

Dessin à la mine de plomb.
Haut., 27 cent.; larg., 15 cent.

JACQUET (Gust.)

166 — *Scène de genre : Personnages XVIIIe siècle.*

Dessin à la mine de plomb.
Signé en bas à gauche du monogramme de l'artiste.
Haut., 10 cent. 1/2; larg., 7 cent.

JACQUET (Gust.)

167 — *Arquebusier.*

Dessin à la mine de plomb.
Signé en bas à gauche du monogramme de l'artiste.
Haut., 11 cent. 1/2 ; larg., 7 cent.

JACQUET (Gust.)

168 — *Étude de mobiles (Siège de Paris, 1870-71).*

Dessin à la mine de plomb.
Haut., 25 cent.; larg., 28 cent.

JEANNIOT

169 — *Esquisse d'amateur.*

Dessin lavé à l'encre de Chine.
Signé en bas à gauche.
Haut., 31 cent.; larg., 24 cent.

JEANNIOT

170 — *Sous la lampe.*

Dessin lavé à l'encre.
Signé en haut à droite.
Haut., 11 cent. 1/2 ; larg., 16 cent.

JEANNIOT

171 — *Le Rêve (Emile Zola).*

Dessin lavé à l'encre de Chine, rehaussé de gouache.
Signé en bas à droite.
Haut., 28 cent.; larg., 24 cent.

JEANNIOT

172 — *Le Rêve (Emile Zola).*

Dessin au crayon conté, lavé à l'encre de Chine.
Signé en bas à gauche.

Haut., 23 cent.; larg., 31 cent.

JEANNIOT

173 — *Le Rêve (Emile Zola).*

Dessin lavé à l'encre de Chine.
Signé en bas à gauche.

Haut., 28 cent.; larg., 27 cent.

LEPÈRE (A.)

174 — *Bal au Point-du-Jour.*

Dessin à la plume.
Signé en bas à droite.

Haut., 13 cent.; larg., 13 cent.

LHERMITTE (Léon)

175 — *Marché aux poissons.*

Dessin à la plume.
Signé en bas à gauche.

Haut., 17 cent. 1/2; larg., 22 cent.

LHERMITTE (Léon)

176 — *Etudes de Paysannes.*

Dessin à la mine de plomb, rehaussé de blanc.
Signé en bas à gauche.

Haut., 23 cent.; larg., 30 cent.

LHERMITTE (Léon)

177 — *Etude de Paysannes.*

Dessin à la mine de plomb, rehaussé de blanc.
Signé en bas à droite.
Haut., 22 cent.; larg., 30 cent.

LHERMITTE (Léon)

178 — *Paysage.*

Fusain.

MERSON (Luc-Olivier)

179 — *Le Dindon.*

Dessin à la plume.
Signé à gauche du monogramme de l'artiste et daté : 85.
Haut., 24 cent.; larg., 13 cent.

MOREAU-NÉRET

180 — *Doux Rêve.*

Aquarelle.
Signée en bas à droite.
Haut., 38 cent.; larg., 26 cent.

NEUVILLE (A. de)

181 — *En campagne.*

Dessin à la mine de plomb.
Au dos, croquis à la plume de l'artiste.
Haut., 16 cent.; larg., 9 cent.

NEUVILLE (A. de)

182 — *Hussard.*

Dessin à la plume.

Haut., 13 cent. 1/2 ; larg., 8 cent. 1/2.

OLIVE (B.)

183 — *La Plage du Prado par un temps de mistral.*

Dessin à la plume.
Signé en bas à droite.

Haut., 16 cent.; larg., 33 cent.

PILLE (Henri)

184 — *La Rencontre.*

Dessin à la plume.
Au dos, une lettre originale de l'artiste.
Signé en bas à droite.

Haut., 23 cent.; larg., 17 cent.

PILLE (Marcel)

185 — *Vénus et Adonis.*

Aquarelle.
Signée en bas à droite.

Haut., 44 cent.; larg., 50 cent.

RENOUARD (P.)

186 — *Portrait de Victorien Sardou.*

Dessin à la pierre noire.
Signé en bas à droite.

Haut., 33 cent.; larg., 22 cent.

RENOUARD (P.)

187 — *La Buvette des avocats au Palais de Justice.*

Dessin original sur papier Gillot, rehaussé à l'encre de Chine.
Signé en bas à gauche.
Haut., 31 cent.; larg., 47 cent.

ROCHEGROSSE (G.)

188 — *Nature morte.*

Dessin lavé à l'encre de Chine.
Signé en bas à droite.
Haut., 16 cent.; larg., 20 cent. 1/2.

SALA (Émilio)

189 — *La Partie de cartes.*

Dessin à la plume.
Signé à droite, au milieu.
Haut., 13 cent. 1/2; larg., 20 cent.

SCHENCK

190 — *Le Troupeau dans la montagne.*

Dessin à la mine de plomb.
Signé en bas à gauche.
Haut., 10 cent.; larg., 16 cent. 1/2.

SCHENCK

191 — *Repos dans la montagne.*

Dessin à la mine de plomb.
Signé en bas à gauche.
Haut., 10 cent.; larg., 16 cent.

STEINLEN

192 — *Dessin à la plume.*

Signé en bas à droite.

Haut., 14 cent.; larg., 34 cent.

THURNER (G.)

193 — *Retour de la Halle.*

Dessin à la plume, rehaussé de blanc.
Signé en bas à droite.

Haut., 19 cent.; larg., 27 cent.

(*Salon de 1880.*)

WILLETTE (A.)

194 — *La Jalousie du Barbouillé.*

Dessin à la plume.
Signé en bas à gauche.

Haut , 34 cent.; larg. 26 cent

WILLETTE (A.)

195 — *Le Modèle* (*Poil et plume*).

Dessin à la plume
Signé en bas à droite.

Haut., 30 cent. ; larg., 20 cent.

VOGEL (H.)

196 — *Lavandières.*

Dessin à la plume.
Signé en bas à gauche et daté : *89*.

Haut., 39 cent. ; larg. 27 cent.

VOGEL (H.)

197 — *Le Repos du modèle.*

Dessin à la plume.
Signé en bas à gauche.
Haut., 25 cent. ; larg., 21 cent. 1/2.

YARZ (Edmond)

198 — *Saint Bertrand de Comminges (matinée de printemps).*

Pastel.
Signé en bas à droite.
Haut., 32 cent. ; larg. 50 cent.

YARZ (Edmond)

199 — *Lever de lune (Banyuls-sur-Mer).*

Signé en bas à droite.
Haut., 32 cent. ; larg. 50 cent.

YON (Edmond)

200 — *La Bièvre dans Paris.*

Dessin à la pierre noire.
Signé en bas à droite.
Haut., 20 cent. 1/2 ; larg., 30 cent.

YON (Edmond)

201 — *Le Pont-Neuf.*

Dessin à la pierre noire.
Signée en bas à gauche.
Haut., 27 cent. ; larg., 33 cent.

202 — Sous ce numéro, les dessins omis, etc.

www.ingramcontent.com/pod-product-compliance
Ingram Content Group UK Ltd.
Pitfield, Milton Keynes, MK11 3LW, UK
UKHW021008180726
13838UKWH00003B/1493

9 782329 38979